GÉOGRAPHIE DE L'OUBLI

Raphaël Sigal

GÉOGRAPHIE DE L'OUBLI

PAVILLONS

Robert Laffont

ISBN : 978-2-221-27718-8
Dépôt légal : janvier 2025
Éditions Robert Laffont – 92, avenue de France, 75013 Paris
serviceclients@lisez.com

« J'habite un long silence. »

Aimé Césaire

« Ce n'est pas une question de devoir
et à peine une question de mémoire.
Comment se remémorer quelque chose
qu'on n'a pas vécu. »

Chantal Akerman

Fausse route

Je grandis dans une famille sans histoire.

Une famille où l'oubli introduit pudiquement des voiles et des écrans de toutes formes et de toutes tailles. Des petits et des gros secrets, des mots pour d'autres, des glissades de sens qui se transmettent sous le manteau de génération en génération, d'une langue à l'autre.

J'hérite de bouts de phrases qui surgissent soudain à la table où nous sommes réunis pour célébrer des fêtes aux allures de conseils de famille. C'est à la sortie de l'hiver, on remonte les assiettes et les couverts de la cave pour l'occasion. Le plus petit pose quatre questions sans réponse, le grand-père montre du doigt un par un les mets symboliques posés sur le plateau : un os (le sacrifice), des herbes amères (la dure vie de nos ancêtres en esclavage), un bol de pommes râpées aux noix et au vin (le mortier des briques qu'ils portent), de l'eau salée (le goût de leurs larmes), un œuf dur, une petite racine de raifort, amère elle aussi. On mâche tout cela pour incorporer dès l'enfance l'histoire dramatique d'ancêtres bibliques, à laquelle se superpose l'histoire d'ancêtres réels, sans cesse réactualisée au fil des générations.

On lit notre histoire, on la chante, on en discute, on l'avale. On l'inscrit dans le corps par des gestes. On s'accoude pour boire, on trempe le petit doigt dans un verre de vin et on dépose dix gouttes rouges sur une assiette au fur et à mesure qu'on récite les dix plaies qu'un dieu vengeur et libérateur fait pleuvoir sur un pharaon esclavagiste au cœur endurci. On suit une à une les prescriptions sur un petit livre de récits et de prières maculé de taches de vin et de jus de raisin qui remontent parfois à l'enfance. Certains savent lire, d'autres, non. Les enfants rient bruyamment. On leur dit chut. Ils continuent à rire. On revient aux prières et les murmures reprennent.

On ferme le petit livre et on commence à manger. Juste avant la soupe, une voix s'élève, pleine de reproches. Mon grand-père l'éteint avec le fusil de son regard. Là, au cœur du silence, les bouts de phrases surgissent.

J'ai risqué ma vie (ils sont morts) ;
j'aurais pu mourir (eux sont morts).

Ce que mon grand-père dit, je me le représente après toutes ces années en mettant mes mots d'adulte dans sa bouche à lui : Je suis mort et je suis là, à cette table, à vous raconter comment, réchappant à la mort, je suis passé par elle. Il fait taire la voix et les reproches se transforment en pleurs. Un silence de mort se met à tourner autour de la table, comme la colonne de fumée d'un feu invisible. Des braises de culpabilité consument les rires des plus petits et la légèreté des plus grands. Tout devient grave et noir. L'atmosphère, irrespirable.

Ma grand-mère est là, elle ne dit rien.

J'écris, je me relis. Une durée de plusieurs années est enfermée dans la virgule qui sépare « J'écris » de « Je me relis ». Les paroles du grand-père sentent le fabriqué, le silence de la grand-mère, la convention.

Chaque fois que je couche par écrit le surgissement de la parole de ce grand-père taiseux (et dans les profondeurs le *sousgissement* du non-dit), je me prends les pieds dans les filets de la fiction. J'ai appris à considérer la fiction comme un piège, à me méfier de ses tours et à en repérer les coutures. Elle permet de dire et d'écrire n'importe quoi, me suis-je dit longtemps. Cette pensée se structure un premier temps autour de *La vie est belle* de Roberto Benigni. Je suis en plein milieu de l'adolescence quand le film sort en salle et je me range, bien décidé, du haut de mes quinze ans, aux côtés de ceux qui le dénoncent pour son inconscience. Je hurle aussi avec ceux qui hurlent en apercevant de l'eau sortir des douches dans *La Liste de Schindler* alors que je ne vois même pas le film de Steven Spielberg. Je ne peux pas avaler les clowneries de Benigni ni l'irresponsabilité de Spielberg. On ne fictionne pas avec les camps et l'extermination. Dans ses *War Memories*, Susan Suleiman note de façon laconique : « Je suis incapable de lire des *romans* à propos des camps – ce que je veux, ce dont j'ai besoin, ce sont des événements dont on se souvient, même s'ils sont déformés ou flous[1]. » Oui, mieux vaut un souvenir approximatif qu'un roman bien construit. La fiction détruit la solidité du monde des choses que je parcours à la recherche d'indices, si minces soient-ils, pour ancrer une généalogie imprécise.

Le doute m'assaille dès que je couche l'histoire familiale sur le papier. Je doute de pouvoir écrire quoi que ce soit à ce sujet. C'est toujours trop écrit, les mots figent les corps et

1. « *I am unable to read* novels *about the camps–what I want, and need, are events that are remembered even if distorted or blurred* », Susan Suleiman, « War Memories », *Risking Who One Is*, Harvard University Press, 1994, p. 205. *(Toutes les notes sont de l'auteur.)*

les postures. Les verbes au passé statufient les scènes, les forcent dans un cadre qui sent le roman. Il y a une tension insoutenable entre l'expérience inimaginable des grands-parents et l'inévitabilité de l'image à l'écrit. Impossible d'écrire en échappant au régime de la représentation. Il me faut un lexique, il me faut une grammaire pour éviter de construire des images fausses, forcément fausses.

La première fois que j'écris cette scène de repas, je la mets au passé composé. Puis, me relisant, je me débarrasse du passé pour couler les bribes de souvenirs dans un présent chaud et malléable. Je veux donner l'impression et l'intensité du moment vécu.

J'efface : *J'ai grandi dans une famille sans histoire.*

J'écris : *Je grandis dans une famille sans histoire.*

Mais ça ne fonctionne toujours pas, la fiction grésille toujours et encore, pas moyen de s'en dégager.

Pourtant j'ai vécu cette scène de repas. J'ai aussi vécu toutes sortes de repas que cette scène condense. Je l'ai aussi lue dans les livres et j'y ai sûrement ajouté encore d'autres scènes qui s'y rapportent de loin, venues je ne sais d'où. Ce repas de famille devient un fantasme, nourri des rêves et des fantasmes d'autres.

J'ai vécu cette scène, mais cette scène, une fois écrite, est invivable. Elle est trop écrite pour être vécue. Elle ouvre un livre que je veux écrire et le livre ne veut pas venir. Il reste bloqué quelque part entre le ventre et la gorge.

Mémoire fictionnelle

Dans cette histoire, la certitude et le doute s'emmêlent constamment. L'indicatif se fissure sous les assauts répétés du conditionnel et du subjonctif. Je compose ce récit en errant dans un labyrinthe à plusieurs étages, en essayant de suivre les lacets d'une route qui zigzague entre surface et profondeur. En surface il y a les traces infimes que ma grand-mère m'a transmises de son histoire et que je peux indiquer, désigner, décrire de mémoire : lieux, dates et noms qui forment ensemble l'armature essentielle d'un récit scriptible. Et dans les profondeurs se terre la masse informe, cryptique et invérifiable de ce qui ne m'a pas été transmis et qui ouvre la voie à toutes sortes de possibles : le silence, les secrets, les non-dits. Et comme cette route n'a de route que le nom, toutes sortes de trous, de trappes et de passages secrets mènent d'une couche à l'autre de ce dédale.

Ce jeu, Georges Perec le nomme « mémoire potentielle » ou encore « autobiographie probable »[1]. Minés par le silence et l'absence, la mémoire et le souvenir sont rendus accessibles par les potentialités de la fiction. En chemin vers *Récits d'Ellis Island*, le film qu'il réalise avec son complice Robert Bober, il confie à un journaliste :

> Dans un des travaux que je commence maintenant, il se trouve quelque chose que

1. Georges Perec, *Ellis Island*, P.O.L, 1995, p. 56.

> l'on peut appeler une mémoire fictionnelle, une mémoire qui aurait pu m'appartenir. [...] nous allons faire un film qui sera une évocation de ce mouvement que ni Robert ni moi n'avons connu (puisque nous sommes restés en France) mais que nous aurions pu connaître, qui était quelque part inscrit dans notre possible [...][1].

Nous *n'avons pas connu* le destin des immigrés qui passèrent par Ellis Island mais nous *aurions pu* le connaître, explique-t-il. Et dans ce passage au conditionnel, il dit en creux quelque chose de son propre destin. Pour Georges, qui n'a plus ni parents ni souvenir d'enfance, le conditionnel fonde la possibilité du récit de ce qui ne lui a pas été transmis et dont l'accès à l'indicatif lui est, de fait, interdit.

---

1. Georges Perec, *Je suis né*, Seuil, 1990, p. 85.

Ne pas écrire : *Je grandis dans une famille sans histoire*, mais : *Je grandirais dans une famille sans histoire*, pour pouvoir continuer et parcourir les sillons de silence et d'absence déblayés par Perec pour les générations suivantes.

Une autre fois, à la même table, cet autre bout de phrase sort de nulle part (aucun souvenir de ce qui le précède ou vient après). Je suis seul avec eux. Mon grand-père dit : Tu sais, en Pologne, nous étions cent cinquante, cent quarante-sept sont morts.

Je suis seul avec eux.

Ma grand-mère est là, silencieuse. Ces chiffres sont gravés dans ma mémoire. Ils sont sans doute faux. La sortie de l'hiver, plus haut, sonne faux elle aussi. Seule certitude, son silence : c'est elle qui enracine le livre.

Le livre arrive

Contrairement aux souvenirs flous qui en forment le contenu, l'idée de ce livre arrive à un moment précis, dans la salle de gala d'un hôtel. Un écrivain connu fait une présentation érudite devant un parterre d'universitaires admiratifs. Tous ces techniciens à la main lourde envient sa liberté : il n'est tenu ni aux dates, ni aux citations, ni aux notes de bas de page. Il s'y réfère pour le plaisir du texte.

De la présentation, je garde le souvenir d'un tracé sommaire sur un tableau noir (il est en réalité blanc, un ami me le rappelle un jour) placé sur l'estrade de la *ballroom* transformée en salle de conférences pour l'occasion. L'écrivain fait pivoter une tête de taureau stylisée à quatre-vingt-dix degrés vers la droite et la débarrasse de ses cornes. Voilà comment naît l'alpha des Grecs, dessine-t-il :

On confie à la lettre ainsi domestiquée l'en-tête de nos alphabets. Mais l'ombre de la corne ne subsiste-t-elle pas dans le tracé même de la lettre ? Une corne fantôme signe la violence de la venue de l'humain à l'écriture. En somme, rassure l'écrivain, on n'écrit pas pour rien (ce « on » dont je me sens, à l'instant où je couche mes souvenirs, exclu : chaque fois que j'écris dans le b.a.-ba de ma langue maternelle, je lime une absence de corne, répète l'impossibilité du sacrifice).

Mais ce n'est pas au taureau que je pense ici.

À la fin de la présentation viennent les questions. Vous parlez d'oubli, vous dites qu'on oublie tout, mais il me semble qu'il y a une chose qu'on ne peut pas oublier. Cette chose ? La langue. On n'oublie pas la langue, rétorque un membre de l'assistance. Il me semble, Monsieur, répond l'écrivain avec la retenue de celui à qui on ne la fait pas, que vous n'avez pas assez fréquenté de personnes atteintes d'Alzheimer.

Je tilte. Si, si, on oublie tout, on oublie jusqu'à la langue, on oublie la langue elle-même. Alzheimer en est le signe, le nom, la trace. L'évidence dans l'ombre de laquelle se terrent d'autres oublis, d'autres cornes, d'autres langues, d'autres silences ; des signes évidés, des cornes spectrales, des noms muets, des traces aveugles. Un *h* minuscule et muet. Voilà où naît ce livre : au creux du souffle silencieux qui émane de ma grand-mère qui oublie.

Deux oublis

Dans les dernières années de sa vie, ma grand-mère est atteinte de la maladie d'Alzheimer, comme on dit. Je connais bien ma grand-mère. Sa vie, non. À cette époque, j'habite loin d'elle et j'écris tous les jours une thèse qui n'en finit pas de finir. Le moment du point final, que j'aperçois, ne cesse de reculer. Je suis dans un autre pays alors qu'elle s'enfonce dans Alzheimer et ses oublis.

Je comprends confusément que quelque chose cloche quelques années plus tôt, un soir où je dîne avec mon grand-père et elle. Nous allons dans le petit restaurant où je les retrouve habituellement, à deux pas de là où ils habitent la moitié de l'année. On y mange des spécialités de leur enfance, en langue originale : *gehakte leber*, *kneidlekh*, *kreplekh*[1] et autres délicatesses du monde disparu. Je m'assois face à eux deux et, comme eux, je commande une assiette de bouillon. Ils mangent bruyamment, penchés sur leurs assiettes. Ils sont concentrés, leurs cuillers tremblent légèrement. Ça fait quelque temps que je ne les ai pas vus. Leur âge me saute à la figure. Soudain, ils ont vieilli.

---

1. Le *gehakte leber* est une spécialité de foie haché aux oignons, les *kneidlekh* sont des boulettes confectionnées à partir de farine de pain azyme et les *kreplekh*, une sorte de raviolis fourrés à la viande.

En écoutant ma grand-mère ce soir-là, je sens que quelque chose ne va pas. Ses phrases dessinent des boucles entêtantes et répétitives, finissent là où elles commencent et se fondent les unes dans les autres. Elle parle mais ne raconte rien.

J'appelle mon père. Oui, effectivement, ça ne va pas. Ce n'est pas juste qu'elle vieillit, elle est malade, me dit-il à mi-mot. Elle est malade de cette maladie qui embrouille les mots et efface lentement les visages des êtres aimés.

Les histoires de ma grand-mère cèdent la place à des bribes de phrases revenant d'une conversation à l'autre auxquelles elle s'accroche comme à des bouées pour ne pas sombrer. Mon grand-père dissimule la maladie autant qu'il peut, dans un secret à peu près hermétique. Il ne veut pas que ça se sache. Il supplée les errances langagières de ma grand-mère, les camoufle en leur donnant un début et une fin. Mais tout le monde finit par s'en rendre compte et mon grand-père finit par mourir. Lorsqu'il meurt, nous sommes tous autour d'elle. Son Alzheimer est au grand jour. Je sonde sa tristesse maladroitement, lui demande comment elle se sent. Elle me regarde avec son regard d'avant et m'interroge de sa voix d'avant : À ton avis, comment je me sens ? C'est son dernier trait d'esprit dont je me souvienne, un esprit dont elle était si pleine.

Mes visites s'espacent et, d'un passage dans son salon à un autre, des pans entiers d'elle s'écroulent. Elle se vide de ses souvenirs. Elle perd les coordonnées du monde : les noms, les lieux, les dates. Chaque fois que je me tiens près d'elle, j'ai l'impression d'ausculter ce qu'il lui reste de mémoire, de mesurer la transparence et l'opacité de ses souvenirs.

Un jour, je ne sais plus exactement combien de temps après la conférence, je me mets à écrire sa vie à la première personne du féminin. Une autobiographie de ma grand-mère. En surface, j'écris pour continuer à écrire quelque chose quand je ne réussis plus à écrire ma thèse. Dans les profondeurs, je vêts son *je* et le calfeutre avec des mots alors que ses mots à elle se mettent à fuir. Je glisse entre les pages des secrets, des talismans, des passages à la ligne et de belles phrases joliment disposées sur la page, tout droit sorties d'un livre de Perec :

Je remonte le cours de mes souvenirs, elle le redescend.

On se croise entre ici

et là, sur cette page.

J'entrecroise nos voix, ici en une danse typographique trop travaillée, là en suivant les méandres d'un *cut-up* bancal.

Elle est là, assise dans le livre comme dans son canapé, pleine d'amour et d'oubli. Elle ne voit pas de quoi ça parle. Je me mets à reconstituer son enfance à partir des quelques lambeaux de son histoire dont j'ai hérité. Je me donne pour règle d'écrire strictement à partir de ce qui, de sa vie, a été déposé en moi. Je m'interdis toute forme de recherche ou d'enquête. Pas de questions non plus à mon père sur sa mère. C'est une manière de respecter son silence. Ce qu'elle ne m'a jamais dit ne sera pas dit dans le livre.

J'interroge ses langues. Je me rappelle un jour un livre pour enfants écrit en allemand,

Der Struwwelpeter, rangé dans un coin de sa bibliothèque, à l'étage. Avec ses ongles de Maldoror et sa tête perdue dans un monceau de cheveux blonds hérissés, en permanence électrisés, ce petit monstre me paraît beaucoup trop loin. Je préfère les brigands d'Ungerer avec leurs chapeaux noirs et leurs tromblons. Mais le Struwwelpeter, c'est elle. C'est un souvenir d'enfance, je le mets dans le livre. Je l'utilise pour tracer un trait d'union entre nous. Je n'ai pas souvenir d'elle me le lisant. Elle me traduit le livre, je crois, de sa langue maternelle à ma langue maternelle. J'imagine que *Der Struwwelpeter* est intact, de l'autre côté du seuil. Dans son enfance à elle, là où Alzheimer n'est pas encore arrivé avec son rouleau compresseur.

Comme elle oublie, le livre doit oublier aussi. Oublier de cet oubli involontaire qui s'appelle Alzheimer et qui transforme peu à peu les êtres aimés en ombres d'eux-mêmes. Oublier de cet oubli mortifère qui force les proches des malades à un deuil long et progressif, le deuil inconcevable d'un parent vivant et méconnaissable. Comment écrire ce livre qui oublie ? Comment ça parle, l'oubli ? Existe-t-il un « truc » pour transmettre la sensation de l'oubli ? Cette histoire de « truc » me désespère, parce que truquer la réalité est à la fois inévitable et à l'opposé de ce que je désire. Et comme je ne sais quasiment rien de ses souvenirs, je ne réussis même pas à me figurer ce qu'elle oublie.

Mon livre se peuple d'individus sépia, d'enfants sages à bretelles, de murs tapissés de vieux rose. Au centre de l'édifice fantasmatique trône une immense bibliothèque. Dans cette bibliothèque, tous les classiques de la grande culture allemande imprimés en lettres gothiques, reliés dans des cuirs sombres et frappés de lettres d'or.

Plus je me rapproche d'elle, plus je m'écarte de mes mots. J'imite ma grand-mère dans le vide. J'enrobe le peu de souvenirs qui me sont parvenus d'un flot d'adjectifs dont je me sers comme on se sert d'un tuteur pour faire tenir une plante fragile qui menace de s'effondrer. Je m'accroche à des symboles, j'ajoute des points de suspension, j'abuse des blancs. J'utilise des citations pour consolider le tout :

> Le silence obstiné transmet la mémoire aussi sûrement que les pleurs ou les murmures[1].
> (Saul Friedländer)

---

1. « *Obstinate silence transmits the memory of trauma just as powerfully as cries and whispers* », Saul Friedländer, « Some Reflections on Transmitting the Memory of the Holocaust and its Implications, Particularly in Israel », *Interdisciplinary Handbook of Trauma and*

Une phrase me vient en français : *Le silence, mon gène récessif.* Je participe cet été-là à un atelier de musique et de poésie, au bord d'un lac, au Canada. Je la mets dans un poème en anglais : « *Silence, my recessing gene* ». Quelques mois plus tard, je fais lire le poème à un ami américain. Il y a une faute, me fait-il remarquer. Il faut écrire « *Silence, my recessive gene* », pas « *recessing gene* ». Je comprends, avec le peu de recul que j'ai ce jour-là, que le récessif est l'essence même de ce qui nous échappe et nous fait agir sous l'impulsion d'une force extérieure à notre volonté – un adjectif (*recessive*) et pas un verbe (*recessing*). Un silence dont on hérite inconsciemment et qu'une faute d'orthographe fait un jour remonter à la surface de la conscience.

Culture, Yochai Ataria *et al.* (dir.), Springer, 2018, p. 317-318.

Mon autre grand-mère, ma grand-mère silencieuse, vient se greffer à ma grand-mère qu'Alzheimer fait taire. J'écris un livre sans souvenirs pour donner une voix à mes grands-mères, me dis-je. Et je formule ce beau chiasme pour tenter de me représenter ce que je fais : lier le silence de la mémoire à la mémoire du silence. Non, le silence n'est pas vide. Il est plein d'un héritage dont il faut parvenir à déchiffrer les signaux brouillés.

Je commence à comprendre, cahin-caha, que ce silence crypté ne transmet pas la mémoire mais l'oubli. Un oubli particulier qui n'est pas simplement le négatif de la mémoire et qui n'est pas lié non plus à la perte du souvenir. La mémoire est une notion singulière dans une famille juive d'Europe de l'Est, elle arrive toujours accolée au devoir. Nous avons le « devoir de mémoire », le devoir de nous souvenir de ce qui nous est arrivé il y a une, deux, trois générations. Mais qu'est-il arrivé au juste ? Je ne le sais pas exactement, ou alors très peu. Dans ma famille, ce devoir de mémoire ressemble davantage à un devoir d'oubli. Il a fallu oublier pour pouvoir continuer à vivre. Oublier d'un oubli d'un autre type que celui qui atteint ma grand-mère à la fin de sa vie. Un oubli occultant, épais, obstiné comme le silence qu'évoque Friedländer. L'oubli du survivant qui se tait pour ne pas avoir à porter et faire porter le poids du trauma. Un oubli de vie et de mort que les psychanalystes Nicolas Abraham et Maria Torok ont placé au cœur de leurs travaux, en construisant tout un vocabulaire pour désigner les mécanismes par lesquels les traumatismes se transmettent d'une génération à l'autre par secrets et non-dits. Selon la théorie du fantôme qu'ils élaborent, les survivants

« enterrent » un vécu traumatique et indicible dans une « crypte » qui se transmet sous forme de « fantôme inconnu » à la génération suivante :

> Un dire enterré d'un parent devient chez l'enfant un mort sans sépulture. Ce fantôme inconnu revient alors depuis l'inconscient et exerce sa hantise, en induisant phobies, folies, obsessions. Son effet peut aller jusqu'à traverser des générations et déterminer le destin d'une lignée[1].

Abraham et Torok ont inventé un terme pour désigner ceux qui portent l'oubli dans les générations suivantes : les « cryptophores », les porteurs de crypte, porteurs d'un secret dont ils ne soupçonnent pas la

1. Nicolas Abraham et Maria Torok, *L'Écorce et le Noyau*, Flammarion, 1997, p. 297.

présence. Un secret qui tient davantage de l'oubli que de la mémoire.

Ma grand-mère oublierait deux oublis : d'un côté, l'oubli involontaire provoqué par Alzheimer qui efface des morceaux entiers de son passé malgré elle ; de l'autre, un oubli actif, agissant, mû par cette nécessité d'enterrer la souffrance et le trauma pour survivre, ou peut-être simplement vivre. Je l'appelle oubli volontaire, faute de mieux, au moment où il commence à prendre forme.

Dans la cuisine du récit

Dans cette histoire, je ne peux pas me fier aux mots. Ma grand-mère est bavarde. Elle a lu des tas de livres, connaît quantité de choses, a un goût irréprochable et ne sait absolument pas cuisiner. Elle fume comme un pompier et me laisse fumer avec elle. Un jour, elle rentre d'un voyage au Tibet et ne fume plus : il a suffi d'un entretien de trente minutes avec un moine tibétain, raconte-t-elle, pour lui faire passer son envie de cigarettes.

Elle vit dans un grand appartement magnifiquement décoré. Elle a un cabinet d'analyses médicales dont elle se fiche royalement et qu'elle transforme un jour en galerie d'art. Elle a quatre enfants, une belle collection de livres, d'objets, de tableaux et de petits-enfants. Elle vivifie notre imaginaire en nous racontant les aventures d'une girafe rose à pois verts qui se cache dans un jardin au pied de son immeuble et à laquelle nous croyons tous dur comme fer.

Elle est indiscrète, parfois embarrassante et veut tout savoir de nos amours adolescentes. Elle tolère à peu près toutes nos bêtises et encourage nos excentricités. Elle écoute avec nous de la dance et du hard-rock, reçoit chez elle nos amis et nos amies et les soumet, eux aussi, à la question. Elle nous prend au sérieux, nous écoute attentivement, elle « nous traite comme des adultes, nous pose des questions d'adultes, à nous, les enfants », m'écrit un jour un cousin.

Elle m'emmène au théâtre voir Brecht, Beckett et Thomas Bernhard. Elle me traîne dans les musées à Londres et à New York, m'apprend à aimer des tableaux difficiles à aimer, et à être galant.

Elle est bourgeoise et bohème. Elle parle un français irréprochable et me dit que j'ai un accent à couper au couteau lorsqu'elle me fait répéter des phrases en allemand. Elle aime Proust et Picasso à propos de qui elle songe, une fois la retraite arrivée, à préparer une thèse. Elle est bavarde et veut écrire un livre. Elle est bavarde et silencieuse. Elle parle et ne dit pas.

Chantal Akerman filme sa mère qui parle et ne dit rien. Elle donne à cela un titre impossible à traduire en français, *No Home*

Movie, comme pour se protéger du silence de sa mère dans sa langue maternelle. Elle filme l'appartement de sa mère, à Bruxelles, qu'elle a quitté jeune et où elle revient la filmer lorsque cette dernière commence à mourir. Elle pose sa caméra dans la cuisine et filme leurs discussions, le rire de sa mère. Elle prend des images la nuit en courant, hors d'haleine, d'un bout à l'autre de l'appartement, caméra à la main, pendant que sa mère dort.

J'ai compris, en voyant ça, qu'on pouvait filmer les secrets et les cryptes. Le trauma se loge très précisément dans ces images-là. Les longs travelings des séquences de fin où elle filme le désert en sont le contrepoint, ou l'antidote. J'ai compris que ça se filmait, tout ça. Et j'ai compris grâce à ce film quelque chose du silence : ça se voit, ça se montre, ça se cogne la tête contre les murs, contre les mots, contre la mort. Et ça s'hérite, de mère en fille, de grand-mère en petit-fils, ça s'infiltre dans les pores du tissu généalogique et ça traverse les générations. On peut mourir du silence de sa mère. Chantal Akerman a filmé sa mère qui se taisait et s'est tue.

Ces années-là, elle écrit un livre qu'elle appelle *Ma mère rit*. Le livre accompagne le film, met des mots là où il reste silencieux. Elle y donne une traduction de *No Home* en français :

> J'ai un appartement. C'est chez moi. C'est ce qu'on dit, chez moi.
> Mais je ne sens pas que j'ai un chez-moi ni un ailleurs. Quelque part où se sentir chez soi ailleurs[1].

1. Chantal Akerman, *Ma mère rit*, Mercure de France, 2013, p. 14.

Elle écrit aussi le silence de sa mère, le silence qui lui a été transmis :

> Ma grande fille me demande toujours d'en parler mais je ne veux pas. Je sais que si je le fais je suis perdue. Enfin c'est ce que je crois. Ma grande fille dit que c'est le contraire. Qu'il faut parler. Mais elle ne dit pas grand-chose non plus, enfin de sa vie je veux dire[1].

Chantal Akerman n'a pas de grande fille. La grande fille, c'est elle, c'est elle qui met « ma grande fille » dans la bouche de sa mère et parle avec le *je* de sa mère pour parler de son *je* à elle et raconter le silence qu'elle a hérité de sa mère.

Elle écrit encore :

1. *Ibid.*, p. 30.

Ma mère m'a dit un jour, en sortant de là-bas mon cœur était mort. Peut-être qu'il était encore un peu mort quand j'étais petite, ou bien pour toujours, mais je ne crois pas. Et à quoi ça sert de le savoir. Ça sert sans doute à se défendre devant tant de mots d'amour qui sonnent parfois faux, un peu en tout cas et même souvent. Mais parfois pas.

À part ça elle ne disait rien sur là-bas même quand je lui demandais, sauf des choses comme, une amie m'a sauvée en allant voler des pommes de terre. Elle me disait que des choses formidables. Sinon elle ne pouvait rien dire[1].

Des choses formidables comme celles que raconte et que mime le papa clown que joue Roberto Benigni pour son fils dans *La vie est belle*. Des choses formidables pour faire écran à la mort. Des choses à dire pour dire quelque chose, car il faut bien dire quelque

1. *Ibid.*, p. 107.

chose dans ce monde, il faut parler, il faut savoir parler, pouvoir parler. Il faut dire les choses, nous répète-t-on à longueur de journée. Sa mère, elle est morte « là-bas » et elle est revenue. La mère de sa mère, la grand-mère de Chantal, est morte et n'est pas revenue. Elle ne disait rien, dit Chantal, « sauf des choses comme, une amie m'a sauvée en allant voler des pommes de terre ». La virgule entre « comme » et « une amie » est un souffle coupé. Chantal doit reprendre son souffle par écrit avant de recopier sans guillemets des phrases que sa mère lui dit, de mettre les phrases de vie et de mort de sa mère dans sa bouche à elle.

Dans *No Home Movie*, on entend Chantal dire à sa mère que les pommes de terre, « c'est mieux avec la peau », que « c'est là où il y a toutes les vitamines »[1].

1. Chantal Akerman, *No Home Movie*, 2015, à 00:09:53.

Quarante ans plus tôt, elle tourne *Jeanne Dielman. 23, quai du Commerce, 1080 Bruxelles* dans l'appartement de sa mère situé 23, quai du Commerce à Bruxelles. On croit y apercevoir la même cuisine, avec le même carrelage jaune pâle au mur. Elle filme une femme, jouée par Delphine Seyrig, dont la vie est suspendue à un fil que vient rompre la cuisson ratée de pommes de terre. En surface, ce sont des pommes de terre. Mais dans les profondeurs, c'est une question de vie ou de mort. Une tout autre histoire que Jeanne cache à son fils – le secret, le non-dit. Elle se prostitue, elle ne dit rien à son fils ; sa mère à elle, la mère de Chantal, ne lui dit rien, dans la cuisine.

Dans *Saute ma ville*, son premier film, Chantal est déjà dans la cuisine de sa mère. Elle se met en scène, s'habille avec un fichu sur la tête pour se donner l'air un peu plus vieille qu'elle ne l'est en réalité. Un fichu d'une mère d'Europe de l'Est. Elle nettoie obsessionnellement la cuisine puis la détruit consciencieusement. Elle détruit déjà, là, dans son tout premier film, la cuisine de sa mère pour briser ce silence, pour tenter de faire apparaître ce que cachent le silence et le rire de sa mère. Et elle se suicide au gaz à l'écran.

Ma grand-mère n'est pas morte gazée à Auschwitz comme la mère de Georges Perec, elle n'est pas allée « là-bas » comme la mère de Chantal Akerman. Je n'ai pas hérité du silence dont Perec a hérité ni du silence dont Akerman a hérité. Les silences dont ils ont hérité m'aident à sonder celui que j'ai reçu en héritage. J'ai recueilli les dispositifs qu'ils ont construits tout au long de leurs œuvres et de leurs vies et qui m'aident à écrire et à vivre. À mettre des mots et des images là où il n'y en avait pas.

Ricercare à x + 1 voix

Lorsque mon autre grand-mère meurt, j'écris ce texte :

Je connais le nom de mon père et le nom de ma mère. Je connais le nom des parents de mon père et celui des parents de ma mère. Je connais également un des prénoms des parents de mes grands-parents, car celui-ci est également le deuxième prénom que nous portons, mes frères, ma sœur et moi. Au-delà de ce prénom qui déjà se perd dans un champ trop large, je ne sais pas grand-chose. Ni de l'histoire, ni de la géographie, ni des appartenances, ni des langues, des paysages, des personnages, ni des apparences. Trop d'instabilité ; j'ai grandi sur un monticule de fantasmes d'il y a trois ou quatre générations. Ces fantasmes ont différentes incarnations : des lettres gothiques, un vitrail de la Sécession viennoise, les cimetières où les stèles poussent les unes contre les autres, le son strident d'une clarinette, le nom de régions qui n'existent plus, un foulard en soie noué autour de la tête, les cendres chaudes de cousins probables, les grands-oncles et les grands-tantes, une usine de boutons, un magasin plein de cintres en bois (j'ai un de ces cintres dans mon placard), une rivière de diamants, les barbes, la mélancolie, la transgression, la piété, ceux qui sont restés et les autres. L'enfance de mon enfance est sans images. Elle porte des noms hantés et des prénoms disparus, immémoriaux. Des secrets.

À cette époque, j'écoute beaucoup de clavecin et je décide d'appeler ce livre *Ricercare à x + 1 voix*. Chez Bach, les *ricercari* sont ces « recherches » instrumentales qui ressemblent à des canons à trois, quatre, cinq et même six voix qui s'entrelacent en enroulant leurs notes les unes aux autres. On ne sait plus qui joue quoi, le clavecin se met à sonner comme une viole ou un violon. Le *x* de l'équation, c'est le nombre de voix qui me hantent et se mêlent quand j'essaye d'y prêter attention : ma grand-mère, mes grands-mères et, dans leur ombre, mon père, ma mère, mon grand-père, mes grands-pères, et d'autres encore, en nombre indéterminé. À ces voix au nombre indéterminé, j'ajoute la mienne, + *1*.

Comme le *W* de Perec, *Ricercare à x + 1 voix* est un livre en deux parties, l'une en caractères romains, l'autre en italique. Le livre est entièrement rédigé à la première personne, mais cette première personne est changeante. En romain, j'écris l'autobiographie de ma grand-mère de quatre-vingts et quelques années. J'écris ce que je sais de son histoire en utilisant son *je* à elle :

On me demande qui je suis. Des réponses me viennent à l'esprit : qui j'étais, qui j'ai été, ce que j'ai été ou n'étais pas. Toute la panoplie des verbes au passé m'assaille et trouble la vision que j'ai de moi devant le miroir, dans ma salle de bains du fond du couloir.

Ce que je vois : des traits tirés, un menton sec, des dents abîmées, des yeux bleus, des cheveux mal coiffés, une teinture terne. Ça n'est pas moi. Je ne reconnais pas ce visage. Ça n'est pas celui de mes souvenirs. Mon visage est fondu dans une accumulation d'histoires commencées dans un passé si présent que le présent n'existe plus.

La solidité de mes souvenirs est à rebours du temps, les plus récents sont les plus fragiles. Sitôt arrivés, les événements se mêlent en un temps qui ne passe plus. J'oublie tout. J'oublie que j'oublie. Les mots me viennent encore à la bouche mais pour combien de temps ? Ils ont perdu toute épaisseur, glissent d'un bout à l'autre d'une surface flottante.

L'humour m'a fuie en même temps que la poésie. Mes exclamations s'évanouissent, je suis condamnée à poser des questions. Et là, *des* questions, c'est encore trop dire. Il n'en reste qu'une, que je pose à tous mes visiteurs (je les reconnais encore par leur prénom, je nomme leur présence près de moi) : Qu'est-ce que tu deviens ? Mes enfants, mes petits-enfants, sont en devenir. Ils changent, vont, défont, cassent, écrivent des choses incompréhensibles. Pour moi, rien ne devient plus.

Ça passe (le temps, les heures, les jours), ça arrive (on me couche, on me lève, on me lave, on me nourrit, on me mène aux toilettes), ça reste (moi dans mon canapé, le jardin à ma fenêtre, mes meubles, l'accumulation d'objets qui murmurent qui j'ai été). Je me suis échappée du devenir.

Je vieillis, je ne fais plus que vieillir et oublier. Les visages sont graves auprès de moi ; marqués par la tristesse de me voir comme ça, assise dans mon canapé, à moitié seule, à moitié muette, dépendante, souriante, à essayer de leur faire oublier que j'oublie.

Je fais alterner la voix de ma grand-mère et la mienne, en italique, pour commenter ce que j'écris. Des commentaires tels que :

Son regard est comme redirigé en elle, dans la boucle de souvenirs répétitifs et brisés.

Je consigne aussi en italique des réflexions où je tente de m'expliquer à moi-même ce que j'écris, une couche de texte où j'interroge le livre en train de se faire. Des réflexions telles que :

Je ne vérifie rien. Écrire et ne pas vérifier : voilà ce qui préside à l'écriture de ces pages.

Le livre devient comme un puzzle dont les pièces ne s'emboîtent plus. Le dispositif est beaucoup trop contraint, j'ai peur que la voix de ma grand-mère ne m'échappe. Très vite, les deux textes débordent. L'autobiographie de ma grand-mère en caractères romains glisse vers le domaine de l'italique. J'ajoute des parenthèses où je commente avec ma voix propre les paroles que je mets dans la bouche de ma grand-mère :

Je suis née à « Berlin ». « Berlin », j'y laisse les guillemets, car je n'en ai jamais été sûre et il est même plus vraisemblable (maintenant, je le sais) que ça n'est pas la ville de mon enfance (ça n'est pas la ville de mon enfance, je l'ai appris sans le vouloir). Mais du fond de mes souvenirs, aucun autre nom de ville ne me vient. Alors je garde « Berlin », avec ses guillemets, par commodité.

Les deux voix se confondent et tout se brouille. Le livre devient illisible. Je ne sais plus si le *je* que j'utilise est féminin ou masculin, si c'est le *je* de ma grand-mère ou le mien.

Il faut attendre quelque temps avant que l'oubli volontaire, qui emmêle tout, ne révèle sa présence. Il a un nom : il s'appelle Shoah. Il remonte à l'enfance de ma grand-mère, à l'Allemagne et l'allemand. Je me rends compte que ce mot, Allemagne, ma grand-mère l'apprend pendant Shoah, qu'elle doit apprendre à remplacer Deutschland par Allemagne et que c'est une question de vie ou de mort. Si des Allemands arrivent et l'interrogent comme dans les films, elle doit pouvoir dire Allemagne sans accent allemand, la mise à mort de sa langue maternelle est la condition de sa survie.

J'écris (dans *Ricercare à x + 1 voix*, j'écris tout ce qui suit à la première personne, pour imiter la voix de ma grand-mère) : Les gens de sa génération apprennent à parler le français sans accent. Pas par coquetterie, ni en vertu d'un talent particulier, mais à la vie, à la mort. Chaque mot est pour eux un *schibboleth*[1]. Un *h* trop appuyé, un *t* trop

1. Un *schibboleth* est un mot qui ne peut être prononcé correctement que par les membres d'un même groupe. Dans la Bible, les Éphraïmites se servent de ce

long, un *v* pour un *b*, un *a* pour un *o*, tout cela les mène au gaz. Leur destin caché, terré, réfugié, suspendu à la prononciation d'une voyelle – ils ont, eux, ceux qui les cherchent pour la mort, l'oreille bien entraînée. Son prénom s'écrit de la même manière en allemand et en français, il se translate d'une langue à l'autre sans traduction, par le simple glissement d'un *ou* à un *u*, d'un *e* à un *e* muet.

J'écris qu'elle apprend très jeune à se taire, à faire taire les *e* muets, à faire taire son ancienne langue dans la nouvelle, à se travestir, à ne pas se trahir. Que trahir et ne pas se trahir, ça devient la même chose

---

mot comme signe de reconnaissance : « Prononce donc Schibboleth ! Il prononçait Sibboleth, ne pouvant l'articuler correctement ; sur quoi on le saisissait et on le tuait près des gués du Jourdain. » (Juges 12, 5-6.) Par extension, le mot *schibboleth* en est venu à désigner également une épreuve.

pour elle, la même boucle obsédante dans laquelle la petite fille qu'elle était et celle qu'elle devient sont en vis-à-vis, dans l'incompréhension la plus totale.

J'écris (dans *Ricercare*, j'écris tout cela au passé pour donner l'illusion du souvenir) : Le soir, dans la langue des rêves, les passions se déchaînent. Cet entre-deux dure longtemps et, Alzheimer aidant, elle ne se souvient pas de ce qu'est ce déchirement, ni de l'accent bâtard – rapidement disparu – qui fond une langue dans l'autre. L'entre-langue, les langues mêlées à la surface de sa langue, de sa peau, de son épiderme râpeux et visqueux, cet allemand pâteux dans sa bouche qui noue sa parole, bloqué au seuil de ses lèvres.

J'écris qu'elle ne se souvient pas du déchirement alors que c'est précisément là, sur cette ligne de crête, qu'elle passe les dernières années de sa vie. Là où ça n'oublie pas.

Je force l'impensable dans sa bouche pour atténuer ma tristesse.

La règle du je

Je me donne pour règle d'écrire mon livre sans archive, sans faire la part du fantasme et de la réalité, depuis une géographie de l'oubli, pour pouvoir remonter à la source de la mémoire et de son travail. Y a-t-il un principe de construction de l'histoire qui ne soit celui du faussaire ? Quitte à fausser l'histoire, autant le faire avec sincérité. Je ne trahis rien de ce qui ne m'appartient qu'à moitié. Eux racontent un peu leur enfance, leur adolescence, leur réussite. Elles, rien. Comme si elles n'avaient pas eu de vie. Les femmes de ma famille survivent mal, ou elles survivent en secret, dans le secret de leurs secrets.

Je me lance dans une exploration de ma lignée féminine et je me rends compte que je veux aussi écrire l'impossible autobiographie de ma grand-mère et de mes grands-mères pour écrire à la première personne du féminin. C'est justement ma grand-mère qui me dit un jour, je dois avoir quinze ou seize ans, qu'il y a d'un côté les hommes et les femmes et de l'autre, le masculin et le féminin. Que ce n'est pas la même chose. Et que je suis un homme et que je suis féminin. Elle est en avance sur son temps. Au fil de nos discussions, ses remarques me donnent un temps d'avance sur le mien. Elle m'aide à épaissir mon rapport au monde et aux autres.

J'écris ce livre dans mes langues maternelles effacées ; sans trace, ni résidu ; ni clameur ; ni massacre ; loin des regards. D'ailleurs, y a-t-il eu un massacre ? Comment survit-on lorsqu'on a survécu ? Comme un mort-survivant ou un fantôme ?

Un jour, je bois au comptoir d'un bar de la ville où j'habite. J'en arrive à ce point d'excitation qui me fait me livrer au premier venu. Au réveil, je suis saisi par le sentiment d'avoir trop parlé. Pas ce sentiment vain du simple regret passager. Non, j'ai trop parlé du livre et je l'ai laissé s'éloigner alors qu'on commençait enfin à devenir proches, lui et moi. Mais ce n'est pas tout. Je me fais reprocher de parler au nom de ma grand-mère, d'imaginer sa vie. On me condamne pour mon excès de fiction. Je veux réagir violemment, partir au quart de tour. Au lieu de ça, je tente de me justifier. Ce qu'elle a oublié, je ne l'ai jamais su. Je refuse de me faire historien. Je n'ai aucune envie de soulever les jupes de cette grand-mère dont je suis déjà, malgré moi, en deuil.

Je refuse de succomber au nombrilisme, mais je m'enfonce dans un faux narcissisme grand-maternel. J'invoque la vérité à tout prix alors que le livre est monté de toutes pièces. Je me contredis. Je prétexte le livre interrompu, le livre à venir, le livre décousu, le livre martyrisé, le livre brûlé. Le livre kitsch de l'impossibilité du livre – ce livre dont je décris les labyrinthes à longueur de journée. Est-ce que je remplis ma vie avec son histoire à elle car la mienne est sans histoires ? J'écris pour l'exemple. Pour la possibilité, la virtualité, pour l'amour du mensonge bienveillant, pour vivre la sensualité de la substitution, pour pleurer mes ancêtres. Pour m'endeuiller de mémoire et m'emmitoufler d'oubli.

Dans *Ricercare à x + 1 voix*, ma grand-mère prend la parole une dernière fois pour dire, au conditionnel : J'aurais aimé pouvoir mourir et faire mourir avec moi ; emporter ces criminels dans le tourbillon d'une vengeance à la kalachnikov. J'aurais massacré femmes et enfants, les yeux fermés, avec une douce musique dans la tête, une musique allemande, le concerto pour quatre clavecins de Bach, si beau et si rapide, et chaque note égrenée sur les claviers délicats aurait résonné en harmonie avec les balles de ma mitraillette. Tac-a-tac-tac-a-tac, mille morts d'un coup, dans cet interstice de six mesures. Trois cents femmes et deux fois plus d'enfants, tous innocents, tous coupables. J'aurais aimé aller les massacrer, tirer dans la foule au hasard. Massacrer pour le plaisir, pour satisfaire ma haine, pour leur faire payer leur innocence criminelle de nouveau-nés. Je suis née victime dans un monde de coupables, l'année de ma mort-naissance. Mes souvenirs d'enfance ne sont pas pour les enfants. Encore moins pour ceux que j'ai tués cent fois, en imagination, dans leur berceau.

Elle dit souvent ça, avant Alzheimer. Elle veut aller en Allemagne avec une kalachnikov pour tirer au hasard sur la foule. Et je me souviens d'elle, un jour, rentrant d'Allemagne. Les Allemands sont si gentils, si polis, dit-elle à son retour. Ils lui portent sa valise de vieille dame et l'attendent en haut de l'escalator avec un sourire. Elle a une ironie infinie dans la voix. Elle n'est plus allemande et l'allemand lui reste en travers de la gorge. Elle sort à ce moment du livre. Au moment précis où elle devient réelle.

Et j'arrête le livre.

Shoalzheimer

La première personne à qui je fais lire *Ricercare à x + 1 voix* me dit qu'il est fini, qu'il ne faut plus y toucher. Je le fais lire à d'autres. On me dit de l'envoyer. Je l'envoie et j'explique à un premier éditeur : Le manuscrit est court et il n'a pas pu, à vrai dire, en être autrement : j'y explore mon héritage silencieux, l'histoire d'une grand-mère née en Allemagne que je « connais » très bien mais dont je ne sais pas grand-chose. Je me suis donné pour règle d'écrire son histoire sans archive, sans faire la part du fantasme et de la réalité ; de ne vérifier aucun des faits pour pouvoir remonter à la source de la mémoire et de son travail – de l'oubli qui la hante et la phagocyte.

L'éditeur aime le livre mais il n'en veut pas, ou pas comme ça. On ne comprend pas ce que j'écris. Qui est cette grand-mère ? On a envie de savoir. Savoir quoi ? Savoir qui elle était. Qui elle était en réalité. Le timbre de sa voix, sa façon de tenir les cigarettes, la façon dont on la regarde, dont elle regarde le monde autour d'elle. On veut des scènes, des personnages, les noms, les lieux, les dates, le réel. Connaître le poids des corps et des remords. Il faut un projet fort aussi, pour ancrer tout ça. Il faut pouvoir s'accrocher à elle, souffrir de ses souffrances, aimer de ses amours, rigoler à ses manies, s'émerveiller. Lire et vivre. Comprendre qui elle était pour s'endeuiller de mon deuil.

Quelque chose de plus fort que moi résiste. Je ne veux pas que ma grand-mère devienne réelle.

Une année passe. Je finis ma thèse, j'obtiens un poste de prof, je transforme ma thèse en livre. Ce livre est refusé. Ce livre est publié. Je viens passer une année sabbatique en France. Le matin, j'écris un nouveau livre, un livre où il est question de littérature et d'exil. Le midi, je déjeune avec des amis. Deux fois, on me demande où j'en suis avec ma grand-mère. Ma grand-mère est morte. On me demande où j'en suis avec l'autobiographie de ma grand-mère.

Je me décide alors à reprendre le livre en main. Je me relis. C'est vrai, ça ne tient pas encore. Il faut dire de quel oubli le livre oublie. L'oubli et ses tours vertigineuses et bancales. La mort qui achève et les deux morts qui parsèment le chemin jusqu'à elle : Shoah, Alzheimer. Le nom propre de l'oubli volontaire et celui de l'oubli involontaire. Ce qu'elle ne veut pas dire et ce qu'elle ne peut pas dire. Mais les mots manquent et leur absence m'entraîne dans des structures dialectiques où j'exerce habilement mon intellect.

Shoah-Alzheimer, le couple parfait pour mon livre d'amour, me pousse vers des textes que je connais par cœur à force de les citer. Je vois le trait d'union qui sépare Shoah d'Alzheimer et, sans y penser, je pense à ce philosophe qui note en passant dans un livre difficile que le trait d'union accouple les mots en même temps qu'il désigne l'impossibilité de leur être-ensemble. Deux pôles énergétiques entre lesquels bouillonnent mille allers et retours prélevés à la source intarissable de la contradiction. Le royaume de la logique paradoxale et des conjonctions de coordination.

Pour m'en sortir, j'enlève les *mais*, les *ainsi*, les *or* et les *car* des soixante-cinq pages déjà écrites. Mais le trait d'union consume le livre de l'intérieur, enflamme ses articulations. Mes phrases s'abîment, l'encre coule en minces filets dans le creux des feuillets imperméables. Ça ne tient pas, il manque quelque chose, me dit-on, on a envie de comprendre. Il y a quelque chose en trop, on voit les ficelles du texte, j'ai du mal à accepter, mais oui, il a raison, elles sont là, ces ficelles que je déteste par-dessus tout.

Le 20 mars 2018, à 11 h 39, un mot arrive dans le titre d'un e-mail sans contenu, envoyé de mon téléphone : shoalzheimer. Un mot-valise, une petite boîte atterrie sans prévenir dans mon dictionnaire. Je l'essaye, je le fais sonner, je le retourne en tous sens. Un temps je lui préfère *Shoahlzheimer*, mais *hlzh* ça fait trop, je laisse tomber le *h* muet, et je retourne à *shoalzheimer*, avec un *s* minuscule. Comme je décide que c'est un nom propre, je finis par l'habiller d'un *S* majuscule. Je le laisse reposer, je l'observe. Quelques mois passent, le mot fait sa mue et se glisse hors de sa carapace d'italique. Il s'incorpore doucement à mon lexique, je dépose en gros caractères sur la page de titre : Shoalzheimer – avec un *h* muet fantôme. Ce *h*, c'est elle, le signe de son absence et de son passé glissé dans une petite boîte que ce livre doit m'aider à nommer.

Le trait d'union envolé, je sors enfin des sentiers aporétiques. Je médite le mot, je le mâche, je le tourne sept fois dans ma bouche. Il est à moi, ça y est, le mot est en moi. Je le prononce, je l'épluche, je le délie, il charrie quantité de mots secrets, enterrés dans mon héritage de silence. Shoalzheimer, les morts avant la mort, deux oublis en un, la main gauche de la maladie, la main droite du trauma. Deux oublis en un seul corps. Je déplie des deux mains un mot qui se concentre et contracte sa respiration. Je me tiens à son chevet.

Et je recommence à écrire.

Questions

Ma grand-mère échappe aux Allemands en se réfugiant, une fois arrivée en France, dans un couvent. Elle apprend par cœur toutes les prières de son missel, elle devient une bonne petite chrétienne. Je suis incapable de dire si ce souvenir dans le souvenir est vrai ou faux. Et le livre devient obsédé par cette indétermination que creuse en moi l'oubli volontaire de ma grand-mère.

Les questions arrivent en cascade. Comment tisse-t-on les fils d'une apostasie ? Comment déshabitue-t-on un enfant d'un langage de gestes, de rites, de saveurs, d'odeurs, de touchers, de caresses ? Comment désapprend-on l'alphabet ? Comment débarrasse-t-on un cerveau des sillons creusés par la langue maternelle ? Comment peut-on perdre l'habitude de sa langue ? Comment perdre la langue ? Mille questions se bousculent, chacune renvoyant à l'autre, d'elle à moi, de moi à elle, de ma langue à la sienne, de ses langues à la mienne. Qu'est-ce qu'une religion maternelle ? Qu'est-ce qu'une apostasie de la langue ? Que retient-on lorsqu'on se met à perdre la trame des souvenirs ? Comment se dirige-t-on dans l'espace lorsqu'on a perdu le fil du temps ? Ça doit être une vie emplie de sommeils et de réveils, de transitions oubliées, de visites répétées, de marches forcées du salon à la chambre, de la chambre aux toilettes, des toilettes à la chambre. Un cerveau qui oublie force l'autre en face de lui à la ruse et à l'originalité. À trois questions identiques, il faut apporter trois réponses différentes et se donner l'illusion d'un dialogue qui avance. À moins de vouloir devenir le capitaine qui sombre dans son navire. On peut tout faire entrer dans le tourbillon de nos souvenirs, et tout peut, un jour, s'en échapper. Sans qu'on ait rien demandé.

La phrase de la conférence me revient. On oublie tout, jusqu'à la langue. Rien de ce qui est dit n'est indélébile. Aucune parole, insulte ou révélation, n'est immémoriale. On oublie tout, on oublie jusqu'à la langue elle-même. Là où commence le livre.

Mémoire mécanique

Un autre épisode de la vie de ma grand-mère affleure à la surface de la page : elle marche avec son oncle dans la rue. Tout est vert kaki, brun et gris autour d'eux. Il pleut. Elle saute dans les flaques, sans faire attention. Elle regarde ses chaussures rouges de petite fille. Son oncle court presque. On les arrête. « Vos papiers. » Un moment. « Ouvrez votre sac. » Un moment. Elle ne comprend rien. « Qu'est-ce que c'est que ça ? Hans, regarde-moi ces tracts ! » Hans voit le contenu du sac, sort son pistolet et tire à bout portant sur la tempe de son oncle. Il s'effondre. « Un éclair, puis la nuit. »

J'écris une deuxième fois : « Vos papiers. » Un moment. « Ouvrez votre sac. » Un moment. Je ne comprends rien. « Qu'est-ce que c'est que ça ? Rudolf, regarde-moi ces tracts ! » Rudolf voit le contenu du sac, sort son pistolet et tire à bout portant sur la tempe de mon oncle. Il s'effondre. « Un éclair, puis la nuit. »

Ajoutez à cela des bruits de bottes, deux ou trois voitures qui passent en pétaradant, des piétons qui se hâtent et font comme si de rien n'était. Et ma grand-mère au milieu, la caméra zoomant en contre-plongée sur ses yeux dont on ne sait s'ils sont mouillés de pluie ou de larmes. Que ressent, à ce moment, une petite fille de cet âge ? Lancez le générique de fin.

Quels papiers ? Cette histoire, je la récite mécaniquement de mémoire. Je l'ai racontée souvent, avec la conviction de décrire une réalité fuyante. Comment m'est-elle parvenue ? Je ne sais pas si elle est réelle. Je ne sais pas très bien ce que, la racontant, je raconte. L'histoire vraie d'une petite fille et de son oncle ? Une mythologie de famille montée de toutes pièces dans mon imagination d'enfant ? Une histoire typique, exemplaire ? Certaines histoires nous font tous pleurer, car elles sont arrivées à ceux que nous aurions été à quelques années près ou à quelques centaines de kilomètres près. Je suis né ici par une coïncidence qui aurait pu me faire naître ailleurs, même et autre. Je décris des couleurs et je nomme au hasard le bourreau d'un oncle hypothétique. Mon imagination est saturée d'épisodes traumatiques qui ne m'appartiennent pas.

Hériter de silence et d'oubli, ça ouvre la voie à des suppléments de silence et d'oubli. Je dois faire parler le muet, inventer la caverne des traumas tus. Les morts sans visage se transforment et la mort reste. Comment font-ils, eux, avec le visage de leurs morts ? Que devient un visage une fois mort ? Les souvenirs étranglent le réel. Comme le trouble est insupportable, j'inscris sur une nouvelle page du livre ces lignes :

> La terre, un livre. Le corps, un livre. La survie, un livre. Les fantômes, un livre. Je et tu, un livre. Le sacré, un livre. Le profane, un livre. Le langage, un livre. La prière, un livre. Le livre, un corps.

Tout est livre, c'est rassurant.

Mon corps abrite la mort d'un grand-oncle fantasmatique, un fantasme d'oncle et un fantasme de mort mêlés en une figure tout droit sortie d'un roman ou d'un film. Une image toute faite pour meubler l'enfance vide de ma grand-mère. L'enjeu du livre masque à peine son impossibilité : le livre sur le silence et l'oubli doit dire quelque chose. Il faut des phrases, des paragraphes, des pages. Sinon, ça ne fait pas livre. Et ça reste douleur. Et comme, dans ma famille, il n'y a pas qu'un oubli et qu'un silence, je me mets à accumuler les scènes traumatiques parvenues, à travers le filtre de deux générations, jusqu'à moi.

J'imagine.

Une phrase magique

Plus tard, je lis un livre d'Hélène Cixous qui vient à moi les bras chargés de cadeaux : des réflexions, des bouts de phrases, des bouts de blancs sur la page, une grammaire de voiles et de linceuls. Dans ce livre, je trouve une phrase magique : « Je n'imagine pas[1]. » Il faut entendre cette phrase en deux sens. « Je n'imagine pas » signale l'incapacité d'imaginer ce qu'on appelle commodément

1. Hélène Cixous, *Gare d'Osnabrück à Jérusalem*, Galilée, 2016, p. 85.

l'inimaginable et c'est aussi une façon de dire que tout ceci, tout ce que Cixous raconte dans les pages de *Gare d'Osnabrück à Jérusalem*, n'est pas imaginé, mais bien réel.

Je n'imagine pas.

Mon livre commence à vivre sa vie de livre. Il apprend, comme mon enfant, à dire non, avec ces petites explosions soudaines de violence qui retombent aussitôt. Je récupère un autre épisode de *Ricercare à x + 1 voix* (je le passe à la troisième personne et au présent) : Le père de ma grand-mère est sous le train avec les hommes. On y a installé une sorte de cage où il y a tout juste la place de s'allonger entre deux essieux. Elle est dans le réservoir à eau avec les femmes et les enfants. Elles sont allongées les unes à côté des autres sur une planche installée là en secret, juste au-dessus de l'eau. Si c'est en été, alors la chaleur est insoutenable. Si c'est en hiver, le froid les mord et les meurtrit. Les heures passent au compte-gouttes, dans la moiteur de la réserve d'eau qui descend au fur et à mesure que le train avance, s'arrêtant dans chacune des gares le long des 880 kilomètres (pourquoi pas ?) qui séparent leur gare de départ de celle de leur arrivée. La peur s'étouffe dans le vacarme. À un moment, le train s'arrête plus longtemps. Un vent de panique souffle sur la planche. Les femmes chuchotent et s'affolent. Les enfants ne comprennent que ce qu'il y a à comprendre, ils se blottissent contre leurs mères qui tremblent. Tous sont à l'âge où ils ont appris à se taire. Le train n'avance plus. La température commence à descendre, le bruit enfle.

Voilà comment tout se passe au cœur de cet épisode. Une trappe s'ouvre. On voit le faisceau d'une torche par l'entrebâillement de la trappe, courant sur l'eau au-dessous d'elles. Silence de mort : on n'entend que le bruit des machines à l'arrêt. Le soldat ne se baisse pas et referme la trappe.

C'est tellement fabriqué, tout cela. Et ça finit bien, heureusement. « Ça finit bien » : la cire avec laquelle je bouche les cryptes et j'efface les traits d'union qui me séparent de morts sans sépulture.

La voix des questions se lève à nouveau : Est-ce que j'invente, de mémoire, à ce point ? Est-ce que mes souvenirs sont des souvenirs de souvenirs ? Suis-je traversé par des souvenirs sans passé ? Comment sont-ils arrivés là ? Comment écrire et ne pas raconter ?

Train. Vacarme. Peur. Peur.
Rails. Train.
Lampe. Réservoir. Eau.
Bruit sourd. Gouttes.

Que raconte cette suite de mots ? Toujours la même chose, elle fait surgir les images d'une mémoire en morceaux. Le flot des souvenirs se tarit aussi vite qu'il jaillit. Le réservoir est déjà sec. Je recommence à sauter des lignes et à sauter des pages pour faire avancer le livre. J'écris en haut d'une page blanche : « Moi aime toi », la phrase que ma grand-mère, Alzheimer avançant, dit le plus souvent.

Il faut faire avancer cette histoire, remonter le fil des oublis et des non-dits. D'autres passent des mois à sillonner les lieux réels, rencontrer des bourreaux et des victimes, fouiller des archives, apprendre des langues tues depuis deux, trois ou quatre générations, remuer des caisses emplies de souvenirs insupportables, remplir des formulaires de conservation de la mémoire et noircir des pages pour partager leur histoire, que des lecteurs abasourdis et empathiques feuilletteront en se disant qu'ils sont en train de lire, trait pour trait, leur histoire à eux.

Chaque exception, chaque singularité, une fois couchée sur le papier, devient la règle. Les gouttes d'eau des histoires personnelles accumulent des océans généalogiques. Et lorsqu'on écoute ces histoires admirablement renseignées et documentées, on est saisi par les tourments et les joies des protagonistes morts ou vivants. Leur histoire devient pour nous une « autobiographie probable ». Les joies et les tourments sont soudain à nous, pas à celui ou à celle qui écrit ses souvenirs et les souvenirs de ses souvenirs archivistiques. Dans ces livres aux titres sombres et poétiques, on lit notre histoire, celle qu'on ne connaît pas. Et on fait confiance à ces enquêteurs de la mémoire collective pour nous restituer des souvenirs personnels, comme si la photo en noir et blanc de leurs grands-parents était celle de nos grands-parents à nous. Même barbe, même nonchalance, mêmes yeux, même canne, même posture, même grain, même noir, même blanc, mêmes gris. Dans cette entreprise de dématérialisation de la mémoire, chaque détail compte.

Les couleurs, les odeurs, les goûts surgissent comme par magie et mettent mes sens en transe. Je me dis que la soupe que le narrateur déguste dans ce petit village perdu en Ukraine est exactement la même que celle que me sert ma mère à dîner le vendredi. La transe dans laquelle ces lignes de mots nous plongent s'appelle nostalgie. J'ai développé au plus haut degré la nostalgie de ce qui ne m'est jamais arrivé. Je suis nostalgique des souvenirs des autres, de la décoration de l'appartement de leurs arrière-grands-parents disparus. Je suis nostalgique de leur nostalgie, nostalgique de leur grand-mère.

Notre corps a le souvenir de ce qui ne lui est jamais arrivé. Commémorer, *comme-mémorer*, faire comme si on se souvenait ensemble : voilà ce que nous faisons. On commémore ce qui a dû nous arriver. On maintient ensemble, au coude-à-coude, cette ambiguïté en se disant, de toi à moi, de moi à elle et de lui à toi : Oui, c'est arrivé. On prend ces anecdotes dans les filets d'un arbre généalogique fait minute. C'est encore ce mouvement que Perec nomme « autobiographie potentielle ». J'en fais l'expérience en voulant décrire les parents de ma grand-mère. Je me souviens d'une photographie. Je la décris de mémoire et me rends compte que cette image, je la confonds sûrement avec l'image des parents de son mari, mon grand-père. La photo est sur une étagère de la bibliothèque dans une chambre au soleil, dans un cadre de métal aussi vieux que la photographie qu'il contient. Par la fenêtre de cette chambre au soleil, le soleil ne pénètre plus. Les volets bleus sont fermés ces derniers temps, et la maison, vide ; vide comme la maison de son enfance, pleine de meubles disparus, ou sur le point de s'évanouir, de meubles-traumas, de meubles-fantômes.

Cette photo, « l'absente de tous bouquets ». Une construction mentale que rien, pas même des guillemets, n'ancre dans la réalité. Je dis photo, mais il n'y a rien en fait, pas même l'ombre d'une image, ni celle d'un homme, ni celle d'une femme. On a tous un fantasme en noir et blanc, et c'est pour tous le même noir et le même blanc. Et peu importe la photographie. Ça s'est passé. Et peu importe que cette barbe soit celle de mon arrière-grand-père paternel ou de mon arrière-arrière-grand-père maternel, ou celle d'un autre ; je n'ai pas envie de m'aventurer dans les archives familiales.

Je grandis entre ces meubles venus d'un autre âge. J'ausculte les murs blancs et muets. À mes pieds, un parquet de cris étouffés d'où dépasse encore une dent. La porte d'entrée crisse, elle ferme mal. On casse les fenêtres, on brise les vitrines. Ça commence toujours comme ça, le mal pénètre soudain avec fracas. On humilie les parents devant leurs enfants. On pille, on tape, on frappe, on tue – sûr de son plein droit. C'est de la littérature et ça s'est passé. Comme ce chaton cousu vivant dans le ventre d'une femme enceinte, pire encore qu'une photo, pire encore qu'une histoire. Quelqu'un a forcé la serrure, etc.

Je suis envahi par la fiction.

Sa vie

Un jour, je rends visite à ma grand-mère. À ce moment de sa vie, son monde se réduit à des allers et retours entre son lit et son canapé. Je ne me souviens pas de notre discussion.

Je prends son ordinateur pour regarder quelque chose. Sur le bureau, je vois un petit dossier intitulé « Ma vie ». Ce jour-là, je tombe sur une autobiographie écrite par ma grand-mère qui oublie.

« Ma vie[1] »

« Je suis née en Allemagne, à Oberhausen, en Rhénanie en 1927. J'aurais été une bonne petite allemande si Hitler n'était pas venu.

Mais il a tué des millions d'êtres humains et il est mort. Il s'est brûlé lui-même.

1. Le texte original de Suzanne Sigal est reproduit intégralement en fin d'ouvrage.

Goering, avant de se tuer, a tué sa femme et ses cinq enfants.

J'aimerais raconter ma vie, mais je ne sais pas par où commencer.

Hitler est le monstre le plus inhumain que la terre ait jamais produit.

Je ne sais pas le raconter.

J'aurais voulu voir Hitler mort mais c'était impossible. Dommage.

Un souvenir d'Allemagne me revient : je saute à la corde dans la rue et je revois très clairement les chaussures à semelles de crêpe blonde que ma mère m'avait achetées pour l'anniversaire de mes quatre ans.

J'ai toujours aimé les chaussures blanches et j'en porte encore aujourd'hui car je me sens bien en elles, été comme hiver.

Le temps a passé. Hitler est mort. Mais l'hitlérisme ?

Je me demande comment il est possible qu'en plein XXe siècle un monstre pareil ait pu exister.

Il a tué plus de gens que tous les tyrans réunis de l'humanité.

Je préfère penser à autre chose car on peut douter de tout sur cette terre quand un monstre pareil a pu détruire toute une partie de l'humanité. À quoi bon y revenir ?

Je préfère penser à ma vie à Oberhausen que j'ai connue enfant jusqu'à l'âge de six ans.

J'aurais voulu me souvenir de mon enfance allemande mieux que je ne le fais. Mais le temps passe si vite que je n'ai pas le temps de noter des faits essentiels de ma vie.

[...]

J'ai continué à parler l'allemand durant toute mon enfance car mon père était persuadé que Hitler ne durerait pas et que nous allions bientôt retourner à Oberhausen. Il s'est bien trompé.

Herr Hitler (maudit soit-il) a duré, ce monstre, le pire que l'humanité n'ait jamais connu.

Par quoi commencer ?

Je suis née en Allemagne à Oberhausen et j'aurais été une gentille citoyenne allemande si Hitler n'avait pas existé.

Je suis devenue française par mon mariage, mais je rêve toujours en allemand, qui après tout est ma langue natale.

J'ai vécu sept ans en Allemagne mais je continuais à parler l'allemand avec mes parents.

Je me souviens d'un tout petit ours qui avait des yeux noirs comme des boutons de bottine que j'adorais. Je le léchais. Ma mère l'a jeté en disant qu'une grande fille comme moi (j'avais 10 ans) n'avait pas besoin d'un petit ours. J'ai pleuré toute la nuit. Elle était méchante, ma mère. Je l'ai détestée pour ce qu'elle a fait, mais j'adorais mon père et je l'ai toujours aimé.

Je me souviens de peu de choses de l'Allemagne... je me souviens des chaussures blanches à semelles de crêpe dans lesquelles j'adorais courir.

Je ne me souviens pas de grand-chose, ni des amis de mes parents. Mais je me souviens d'une maîtresse d'école qui a demandé à ma mère si j'étais sourde ou muette car je ne parlais pas un mot de français. Je pensais retourner en Allemagne très vite comme mon papa me l'avait promis.

Hélas il n'en a pas été ainsi !

Nous sommes restés un an en Hollande après avoir quitté l'Allemagne car mon papa pensait qu'Hitler ne resterait pas. Hélas il est resté comme le grand chevalier de l'Allemagne. J'aurais aimé le tuer !

Après nous sommes allés à Metz, à la frontière de l'Allemagne en pensant y retourner au plus vite. Je ne serais jamais devenue française par moi-même si je ne m'étais pas mariée avec un Français. Je n'aimais que l'Allemagne et je refusais de parler français. Alors la maîtresse de l'école a demandé à ma mère si j'étais sourde ou muette. Je ne voulais pas parler français !

Mon papa m'avais promis que Hitler allait bientôt partir. Hélas il a fallu attendre 1945 pour qu'il soit mort (il s'est tué lui-même).

À Metz nous avons vécu quelques années puis il a fallu partir parce que les Français ne voulaient pas d'Allemands à la frontière. Et c'est ainsi que nous avons rencontré G. G. qui nous a cachés. Il m'a mise chez les bonnes sœurs car il pensait que c'était là que je serais le mieux cachée. J'avais une petite voisine chez les sœurs qui pleurait tout le temps et elle est partie. Je ne l'ai plus jamais revue.

Les sœurs étaient très gentilles et moi je leur racontais des histoires de dragon avec une grande queue multicolore qu'elles aimaient beaucoup.

J'ai eu une amie sœur qui était très gentille.

Je suis restée chez les sœurs deux ans (je crois), et mes parents étaient cachés chez des amis à Saint-Étienne (dans le centre de la France). Après la guerre j'ai retrouvé mes parents. Ils étaient en bonne santé et moi aussi.

Je ne me rappelle plus ce qui s'est passé après et comment je me suis retrouvée à Paris.

[...]

Je suis en train de lire le livre de Szpilman, *Le Pianiste*, je ne sais pas quoi en penser.

Comme c'est loin tout cela !

Je lis *À la recherche du temps perdu.* C'est un chef-d'œuvre, certes, mais je ne sais pas quoi en penser.

[...]

Que puis-je raconter de ma vie ? Je ne m'en souviens plus.

Je suis devenue française par mon mariage mais je suis restée allemande par la langue que je n'ai jamais quittée.

Que raconter de ma vie ? C'est si difficile car les années ont passé sans que je me souvienne vraiment de leur durée.

[...]

Je lis *Le Pianiste*. Quelle période barbare nous avons vécue !

Il est 11 heures 40 déjà !

Comme le temps passe. Tout ce que j'écris est d'une telle banalité !

Comment un monstre comme Hitler a pu rester au pouvoir ? Cela dépasse mon entendement.

[...]

Je suis restée très allemande, je ne sais pas pourquoi. Peut-être parce que mon papa m'avait dit qu'Hitler ne durerait pas. Hélas, il s'est bien trompé et des millions d'êtres sont morts à cause de lui.

La guerre est finie. Oui, peut-être, mais moi, je ne peux pas l'oublier. »

Une petite boîte

Je lui vole ces lignes. Ça choque mon père, à qui je l'avoue alors qu'on passe en voiture à côté du cimetière dans lequel son père est enterré. Elle est encore vivante, à moitié vivante, déjà un peu morte, mais trop vivante pour qu'on lui vole sa vie. Mon père ne veut pas voir. Il est dans le livre et ça ne le regarde pas. Je comprends mon père, le texte de sa mère est trop douloureux. Lui, ses sœurs, son frère, ont tous un rapport compliqué à la vie de leurs parents, qu'ils ont, à leur tour, transmis à leurs enfants. Une vie dont ils connaissent des bribes qui leur restent obscures et inaccessibles. Comment pourraient-ils se figurer l'enfance de leurs parents dans des langues qu'ils ne parlent pas et des lieux qui n'existent plus ? Comment pourraient-ils se figurer, en ayant grandi dans le confort d'un appartement parisien, ce que fut l'enfance d'enfants cachés de leurs parents ?

Mes grands-parents, en mourant, laissent derrière eux une traînée de documents administratifs. Des cartes d'identité tamponnées comme dans les livres d'histoire, des laissez-passer de toutes les tailles et de toutes les couleurs, des lieux de naissance imprononçables. Cela se passe comme dans un livre de Georges Perec, à la page « Ne devoir la vie qu'au hasard et qu'à l'exil » :

> J'aurais pu naître, comme des cousins proches ou lointains, à Haïfa, à Baltimore, à Vancouver

j'aurais pu être argentin, australien, anglais ou suédois
mais dans l'éventail à peu près illimité de ces possibles,
une seule chose m'était précisément interdite : celle de naître dans le pays de mes ancêtres, [...]
et d'y grandir dans la continuité d'une tradition, d'une langue, d'une communauté[1].

Je grandis avec des grands-parents français qui ne le sont pas, au-dessus de l'abîme où se brisent leurs langues d'enfants.

Moi non plus, je ne lis pas « Ma vie ». Je parcours le texte en diagonale à toute vitesse. Le temps de m'apercevoir que j'écris l'histoire de ma grand-mère en même temps qu'elle écrit la sienne. La sienne est trouée par l'oubli involontaire, par Alzheimer, et

1. Georges Perec, *Ellis Island*, *op. cit.*, p. 59.

pourtant tout y est. Dans la mienne, rien ne tient, tout se consume dans la grande brûlure qui troue le livre de part et d'autre et que je nomme oubli volontaire.

Je ne digère pas l'autobiographie du retour en enfance de ma grand-mère. Ma tante me dit : Elle n'a jamais grandi, elle sera restée une petite fille toute sa vie.

Quelques mois passent, assez pour décider que la digestion en est impossible. C'est le signe sous lequel j'écris ces lignes : pour m'exproprier de cette vie antérieure, l'enfance de cette grand-mère dont je sais si peu de choses et que je vis par héritage et par procuration. Enfin, procuration, c'est peu dire. J'écris, dans le mimétisme le plus total (c'est-à-dire le plus fictif), une histoire dont j'invente non seulement les détails, mais la trame, que je forge de fond en comble. Et dans l'impossibilité d'inventer la réalité, je tourne autour d'un trou noir, pris dans le vertige de la commémoration de l'oubli.

Le devoir de mémoire de l'oubli, le je-sais-que-je-ne-sais-pas. Je pourrais finalement remettre l'italique, pour une confusion encore plus totale. Et insérer entre les lignes d'invisibles points de suspension, des respirations dans l'intervalle desquelles la réalité tomberait, prise au piège de mon vertige. Je veux comprendre « Ma vie » pour ne plus avoir à le lire. Commémorer l'oubli, c'est traduire l'intraduisible noyau qui résiste au fond de la langue, déformer les sens éprouvés par le temps qui passe, déposer sur son chemin d'imperceptibles traces. Je traduis la vie impénétrable de ma grand-mère, je sonne le tocsin de son silence.

Un autre jour, je rends de nouveau visite à ma grand-mère. Je la trouve, comme toujours, assise au fond de son canapé, dans une affolante apathie. Je me demande si elle a encore, à la surface de sa mémoire, les lignes que je lui ai volées. Je guide notre conversation, comme toujours, à rebours du temps qui passe et qui ne passe pas.

Peut-être que ceux qui se souviennent bien et qui pratiquent l'exactitude maintiennent simplement l'exigence de la mémoration pour pouvoir écrire. Les souvenirs font une bien meilleure matière que l'oubli, lorsqu'il s'agit d'écrire. L'écriture de l'oubli est silencieuse, parcellaire, elle tend vers sa propre disparition. C'est une écriture du rapetissement, de l'épuisement, de l'évidement. On extrait un à un ses souvenirs du puits de notre mémoire jusqu'à le vider.

Chaque fois que je tente de me raconter à moi-même ce que je fais, j'en reviens à cette image d'un centre vide, un zéro.

Une petite boîte

Une fois, je rentre à Paris et je ne vais pas la voir. Au lieu d'aller la voir, je pense à ce livre. Je me dis : Je tire de ma grand-mère un portrait supportable, loin du silence et de la répétition.

Je teste des dispositifs pour écrire. Je ventriloque ma grand-mère, je la cite et, à travers son Alzheimer, je sonde l'oubli héréditaire. Je déterre le silence et l'oubli qu'elle cache honteusement sous l'injonction du souvenir collectif. J'ausculte cet héritage et cette culpabilité. Je veux oublier avec elle, oublier en elle, oublier de son oubli à elle. Je ne veux pas ouvrir la petite boîte – juste savoir qu'elle est là, hermétiquement fermée, et pouvoir la nommer.

Shoah sous/vient par oubli.

Il me faut huit années pour écrire :

Je ne me souviens pas.

Ne pas lire

Je suis adolescent, ma grand-mère me donne un manuscrit d'elle : « Les chaussures de ma vie ». C'est un livre en deux parties. Dans la première partie, elle fixe à la troisième personne les souvenirs d'enfance d'une petite Allemande qui s'émerveille devant une paire de chaussures rouges vernies, les chaussures du titre. (Dans son autobiographie sous Alzheimer, les chaussures sont blanches et elle porte encore des chaussures de cette couleur à la fin de sa vie car, dit-elle, elle s'y sent bien, été comme hiver. Elle se sent bien en elles, elle se sent bien dans son enfance de petite Allemande, de l'autre côté de Shoah.) Dans la seconde partie du livre, elle raconte la romance sadomasochiste d'une chanteuse d'opéra avec un homme riche. Elle s'inspire de la Callas et d'Onassis et raconte leurs ébats et déboires. J'ai dix-sept ans, je crois, lorsque je lis le manuscrit et elle me demande ce que j'en pense. Elle me raconte la réaction d'une éditrice louant ses talents de conteuse érotique. Elle songe à se débarrasser des chaussures de son enfance et à les mettre aux pieds de la Callas pour satisfaire le fétichisme d'Onassis et de l'éditrice.

Je suis adolescent et elle me confie le livre de sa vie en prenant soin de le dissimuler sous une épaisse couche de fiction érotique. Elle ne peut pas écrire sa vie, alors elle invente des chaussures rouges dont le vernis ne laisse rien transparaître. J'ai dix-sept ans, je ne connais rien au sadomasochisme ni à l'histoire de ma grand-mère. Je suis bloqué. Je ne veux pas de son érotisme. Elle me confie le roman de sa vie et je ne peux rien dire. Elle me demande de le mettre en pages. Elle a utilisé son ordinateur comme une machine à écrire et, pour aller à la ligne et justifier ses paragraphes, elle a utilisé des espaces. Je passe quelques heures à formater son texte, à effacer les milliers d'espaces qui bordent ses phrases, ses paragraphes, et à les remplacer par des sauts de ligne. Je passe des heures sur son livre et je ne le lis pas.

Un été, avec ma cousine, on se souvient ensemble. Elle aussi a eu le livre entre les mains. Elle et moi. Personne d'autre ne connaît les talents de conteuse érotique de notre grand-mère fantasque. Je lui envoie le livre que je suis en train d'écrire pour qu'elle lise « Ma vie ». Cette fois, le livre est sans chaussures : plus nu, plus cru. Je le lis et je ne le lis pas. Je le mets dans mon texte, où j'espère qu'il se sent chez lui, mais je ne le lis pas. Je ne sais pas lire. Je retourne à mes auteurs incompréhensibles et avec eux je danse et je fais des pirouettes. J'affûte mes outils de lecture et d'écriture loin de ma grand-mère et de son livre.

Un jour, une psy me demande de lire à voix haute le livre illisible de ma grand-mère. Les larmes me montent aux yeux et je m'arrête au bout de quelques phrases. Je comprends que c'est le livre au cœur des livres. Elle me dit qu'il est temps que je le lise et que j'écrive. Elle me parle, je l'écoute.

Quelque temps après, je prends le petit-déjeuner avec ma mère à la terrasse d'un café et je lui dis pudiquement : J'écris sur ça, j'écris sur Shoah. Elle me dit : Reste loin de tout ça, c'est trop triste.

Mon père et ma mère se tiennent par la main au-dessus de l'abîme où leurs parents les ont plongés malgré eux. L'abîme me regarde et lance ses morts et ses fantômes à mes trousses. Ils veulent s'immiscer dans le livre. Mes parents colmatent des deux mains l'entrée de l'abîme, mais l'angoisse et la colère fuient de toutes parts. Ils me protègent des brûlures de la lave qui s'écoule au fond de l'abîme en silence, mais pas de ses fumées toxiques.

Je ne lis pas « Ma vie ». Je le fais remonter plus près de la surface. Mon texte doit lui servir d'étui. Le texte inaudible de ma grand-mère dans le mien. Je ne dois pas raconter, seulement montrer. Le livre ne sert plus qu'à ça : faire lire quatre-vingts ans après ce texte écrit par ma grand-mère quatre-vingts ans avant. Faire lire à mon père le livre de sa mère au cœur du livre : « Ma vie » sous *Géographie de l'oubli*.

Elle a Alzheimer, elle a huit ans, et l'infirmière qui s'occupe d'elle lui fait faire des exercices d'écriture. Pour faire reculer Alzheimer, elle demande à ma grand-mère de s'enfoncer par écrit dans les méandres de son passé. Souviens-toi ! Elle se souvient en français de sa vie en allemand.

Voilà donc à quoi ressemblent les souvenirs de ma grand-mère lorsqu'elle perd la mémoire. Je raccorde son texte au mien, j'arrête encore une fois mon regard sur la dernière ligne et je lis malgré moi : « La guerre est finie. Oui, peut-être, mais moi, je ne peux pas l'oublier. »

J'enlève les guillemets.

La guerre est finie. Oui, peut-être, mais moi, je ne peux pas l'oublier.

J'ai Alzheimer et je ne peux pas oublier Shoah.

J'écris et le livre se tait.

Annexe : texte complet et non corrigé, rédigé par Suzanne Sigal entre le 16 avril et le 25 novembre 2013 à l'âge de 86 ans.

« Ma vie »

1. Naissance

Je suis née en Allemagne, à Oberhausen, en Rhénanie en 1927. J'aurais été une bonne petite allemande si Hitler n'était pas venu.

Mais il a tué des millions d'être humain et il est mort, mais il s'est brûlé lui même.

Goering avant de se tuer, a tué sa femme et ses cinq enfants.

J'aimerais raconter ma vie, mais je ne sais pas par où commencer.

Hitler, c'est un monstre le plus inhumain que la terre n'ait jamais produit.

Je ne sais pas le raconter.

J'aurais voulu voir Hitler mort cela m'a été impossible. Dommage.

Un souvenir d'Allemagne me revient : je saute à la corde dans la rue et je revois très clairement les chaussures à semelle de crêpe blonde que ma mère m'avait achetées pour l'anniversaire de mes quatre ans.

J'ai toujours aimé les chaussures blanches et j'en porte encore aujourd'hui car je me sens bien en elles, été comme hiver.

Le temps a passé. Hitler est mort. Mais l'hitlérisme ?

Je me demande comment il est possible qu'en plein 20ème siècle un monstre pareil ait pu exister.

Il a tué plus de gens que tous les tyrans réunis de l'humanité.

Je préfère penser à autre chose car on peut douter de tout sur cette terre quand un monstre pareil a pu faire, c'est à dire détruire toute une partie de l'humanité. A quoi bon y revenir ?

Je préfère penser à ma vie à Oberhausen que j'ai connue enfant jusqu'à l'âge de six ans.

J'aurais voulu me souvenir de mon enfance allemande mieux que je ne le fais. Mais le temps passe si vite que je n'ai pas le temps de noter des faits essentiels de ma vie.

Je voudrais essayer de reprendre un livre que j'ai commencé il y a un an et que je n'ai jamais terminé. Les amours de ma vie ont disparu sans que je sache pourquoi.

Me restent en mémoire des noms qui se rapportent à des êtres chers mais qui ont tous disparus.

Je continue de lire « A la recherche du temps perdu ».

C'est une écriture incroyable que celle de Proust. Des phrases longues d'une demie page font penser à la langue allemande.

Je ne sais trop que faire de mon roman qui reste dans ma tête sans que je puisse l'imprimer.

J'ai continué à parler l'allemand durant toute mon enfance car mon père était persuadé que Hitler ne durerait pas et que nous allions bientôt retourner à Oberhausen. Il s'est bien trompé.

Herr Hitler (maudit soit-il)
a duré, ce monstre, le pire que l'humanité ait jamais connu.

Par quoi commencer ?

Je suis née en Allemagne à Oberhausen et j'aurais été une gentille citoyenne allemande si Hitler n'avait pas existé.

Je suis devenue française par mon mariage, mais je rêve toujours en allemand, qui après tout est ma langue natale.

Annexe

J'ai vécu sept ans en Allemagne mais je continuais à parler l'allemand avec mes parents.

Je me souviens d'un tout petit ours qui avait des yeux noir comme des boutons de bottine que j'adorais, que je léchais, et ma mère la jeté disant que la grande fille comme moi (j'avais 10 ans) n'avait pas besoin d'un petit ours. J'ai pleuré toute la nuit, tellement je l'aimais. Elle était méchante ma mère. Je la détestais pour ce qu'elle a fait, mais j'adorais mon père, et je l'ai toujours aimé.

Je me souviens peu de choses de l'Allemagne… je me souviens des chaussures blanches à semelles de crêpe dans lesquelles j'adorais courir.

Je ne me souviens de pas grand chose, ni des amis de mes parents. Mais je me souviens d'une maîtresse d'école qui a demande à ma mère si je suis sourde ou muette car je ne parlais pas un mot de français. Je pensais retourner en Allemagne très vite comme mon papa me l'avait promis.

Hélas il n'en a pas été ainsi !

Nous sommes restés un an en Hollande après avoir quitté l'Allemagne car mon papa pensait qui Hitler ne resterait pas. Hélas il est resté comme le grand chevalier de l'Allemagne. J'aurais aimé le tuer !

Après nous sommes allés à Metz, à la frontière de l'Allemagne, pensant y retourner au plus vite. Je ne serais jamais devenue française par moi même si je ne m'étais pas marier avec un français. Je n'aimais que l'Allemagne et je refusais de parler français. Alors la maîtresse de l'école à demandé à ma mère si je suis sourde ou muette. Je ne voulais pas parler français !

Mon papa m'avais promis que Hitler aller bientôt partir. Hélas il a fallu attendre 1945 pour qu'il soit mort (il s'est tué lui même).

A Metz nous avons vécu quelques années puis il a fallu partir parce que les français ne voulaient pas les allemands à la frontière. Et c'est ainsi que nous avons rencontré G. G. qui nous a caché. Il m'a mis chez les bonnes sœurs car il pensait que c'était là que j'étais le mieux cachée. J'avais une petite voisine chez les sœurs qui pleurait tout le temps et elle est partie. Je ne l'ai plus jamais revu.

Les sœurs étaient très gentils et moi je leur racontais des histoires de dragon avec une grande queue multicolore qu'elles aimaient beaucoup.

J'ai eu une amie sœur, elle était très gentille.

Je suis restée chez les sœurs deux ans (je crois), et mes parents étaient cachés chez les amis à St. Etienne (dans le centre de la France). Après la guerre j'ai retrouvé mes parents. Ils étaient en bonne santé et moi aussi.

Je ne me rappelle plus de ce qui c'est passé après et comment je me suis retrouvée à Paris.

2. Études à Paris

Je n'ai pas penser faire la médecine. Je voulais faire Lettre mais mon père n'a pas voulu. A ce moment là j'étais obéissante et j'ai donc obéi et j'ai fait la médecine. Que pouvais-je faire ? C'est finalement mon père qui m'a choisi mes études. Quelle histoire ? J'ai peine à le croire.

Je me suis inscrite (à la Sorbonne). Je parlais bien le français mais je me considérais comme une allemande. A cet époque là je ne me sentais pas française. Mais le suis-je aujourd'hui ? Je ne le sais pas !

Qu'est-ce que j'ai fait de ma vie ?

Je ne sais pas non plus. Des beaux enfants, peut-être.

J'ai travaillé en laboratoire. J'ai essayé de faire de la recherche (qch sur le sang), mais c'était pas ma destinée.

3. Mariage

Je me rappelle d'avoir rencontrer mon futur mari et qu'il me plaisait. Ma mère lui a demandé de nous accompagner (mon père et moi) en Suisse car il n'y avait personne d'autre à le faire. Nous sommes partie en Suisse car mon père avait besoin des soins. Il avait une dépression nerveuse — je crois. S. nous a accompagné. Le trajet s'est très bien passé. Mon futur mari était très gentil et nous nous sommes bientôt mariés. Ma mère avait peur que je tombe enceinte. Nous nous sommes mariés à Paris.

De mon mariage je me rappelle que je ne voulais pas danser mais Laurence m'a entrainée.

J'écoutais à l'époque Edith Piaf… « Rien, rien de rien, non je ne regrette rien, ni le bien qu'on m'a fait ni le mal tout ça m'est bien égal. »

Très vite je me suis mis à écouter Mozart. Je crois que mon père aimait Mozart. Ma mère par contre n'aimait pas la musique — elle n'était pas musicienne.

Mon futur mari m'a repérée dans la queue devant le ministère de la Justice et il m'a attendue pour faire quelques pas avec moi. Je lui ai dit de s'en aller parce que je ne voulais pas de lui. Mais lui il n'a pas bougé. Il ne voulait pas partir. Je ne savais plus quoi faire. Je l'ai menacé d'appeler la police. Alors il s'est mit à rire et m'a dit : allez-y !

Comment expliquer que ma mère avait besoin d'un médecin pour accompagner mon père à Divonne les bains et c'est elle qui a choisi S. pour nous aider en cas de difficultés.

Il a refusé de partir et je ne savais plus comment faire pour m'en débarrasser.

Il attendait toujours que je change d'avis mais moi je ne voulais pas de

lui.

Et puis un jour, il m'a dit : je vous aime. Voulez vous vous marier avec moi ? Je ne savais pas quoi répondre alors j'ai crié : je vais demander à mon papa. « Très bien » a-t-il répondu. Faites-le.

Mon papa m'a fait comprendre qu'il valait mieux attendre, que j'étais trop jeune pour me marier. J'avais dix sept ans à peine et qu'il fallait que je profite de ma jeunesse. C'est ce que je lui ai dit. Mais il ne voulait rien entendre et nous avons fini par nous marier.

Au bout d'une année j'ai pondu deux petites jumelles qui étaient jolies comme les blés. Nous les avons appelées B. et M. Elles étaient si frêles vous ne pouvez pas vous l'imaginer. !

Le temps a passé. Elles sont maintenant de jolies jeunes filles prêtes à être mariées.

Trois ans après est venu R. qui nous a causé bien des soucis. Comme il ne voulait pas sortir du ventre de sa mère il a fallu le tirer aux fers et cela lui a causé un hématome sous dural, qu'il a fallu opérer.

C'était un beau petit, mais il n'a marché qu'à quinze mois et j'étais très inquiète car il ne voulait pas parler. Il s'est bien rattrapé depuis.

Quant à F. il est arrivé dix ans après R. et j'ai eu beaucoup de chances car il était un beau petit lui aussi.

Je suis en train de lire le livre de Szpilman le Pianiste, je ne sais quoi en penser.

Comme c'est loin tout cela !

Je lis à la Recherche du Temps Perdu. C'est un chef-d'œuvre certes mais je ne sais quoi en penser.

J'ai arrêté de travailler après le quatrième enfant. L'arrêt du travail a duré six mois puis j'ai recommencé à travailler.

Au fond je m'ennuie quand je ne travaille pas. C'est comme ça.

J'ai aimé mon métier de médecin et je le reprendrais bien mais je suis trop fatiguée. Je continue à rêver en allemand. Je n'arrive pas à me débarrasser de cette langue car je déteste les allemands qui sont les pires criminels que la terre ait jamais portée.

J'ai rencontré M. L. chez R. L. qui était antiquaire boulevard du Montparnasse et nous ne nous sommes plus jamais quittées. Nous sommes restées amies notre vie entière jusqu'à aujourd'hui. J'ai une photographie de M. avec moi à coté de Jérusalem et nous avons beaucoup aimé ce voyage. Je lui ai conseillé d'acheter un manteau de fourrure qu'elle a toujours gardé.

Je me souviens de L. G. qui disait qu'elle avait été arrêtée par les allemands et qu'elle allait être décapitée. J'ai commencé à pleurer tellement j'ai eu peur pour elle.

J'ai rencontré L. G. également chez R. L. et nous sommes devenues amies sans jamais vraiment nous quitter.

Encore aujourd'hui je me souviens avec émotion de tout ce qu'elle m'a raconté de sa captivité. Elle allait être décapitée quand la guerre s'est arrêtée. Quelle histoire nous avons traversé, la pire de toute l'humanité.

Je me souviens de H. qui était amoureuse d'un homme qui ne l'aimait pas. Il ne voulait pas en entendre parler et je ne savais comment faire pour le lui faire comprendre. Il n'y avait rien à faire : elle l'aimait.

Que la vie est dure pour les amoureux non payés de retour !

Quant à moi j'ai aimé mon mari dès le départ et il me l'a bien rendu.

Que puis-je raconter de ma vie ? Je ne m'en souviens plus.

Je suis devenue française par mon mariage mais je suis restée allemande par la langue que je n'ai jamais quittée.

Que raconter de ma vie ? C'est si difficile car les années ont passé sans que je me souvienne vraiment de leur durée.

Que dire de H. qui et restée amoureuse d'un homme qui ne l'aimait pas !

De mon voyage au TIBET je me souviens seulement d'un de nos compagnons qui disait qu'il savait comment faire pour se sentir bien en altitude. On nous avait conseillé de beaucoup boire avant de monter. Mais lui n'en faisait qu'à sa tête et refusait de s'hydrater. Quand nos portes se sont ouvertes pour nous laisser partir il s'est effondré.

Que s'est loin tout çà !

Je lis le Pianiste. Quelle période barbare nous avons vécu !

Il est 11 heures 40 déjà !

Comme le temps passe. Tout ce que j'écris est d'une telle banalité !

Comment un monstre comme Hitler a pu rester au pouvoir, cela dépasse mon entendement.

J.-P. B. est resté mon ami jusqu'à aujourd'hui. Nous avons fait nos études de médecine ensemble mais lui a quitté ce métier trop difficile, m'a-t-il dit. Il a préféré s'occuper de ses vergers qui lui rapportaient plus et lui coutaient moins d'effort que les êtres humains.

Je suis restée très allemande je ne sais pas pourquoi. Peut-être parce que mon papa m'avait dit que

Géographie de l'oubli

Hitler ne durerait pas. Hélas, il s'est bien trompé et des millions d'êtres sont morts à cause de lui.

La guerre est finie. Oui peut être mais moi je ne peux pas l'oublier.

Composition réalisée
par Rosa Beaumont

« Ma grand-mère est bavarde. Elle a lu des tas de livres, connaît quantité de choses, a un goût irréprochable et ne sait absolument pas cuisiner. Elle fume comme un pompier et me laisse fumer avec elle.

[…]

Elle a quatre enfants, une belle collection de livres, d'objets, de tableaux et de petits-enfants.

Elle vivifie notre imaginaire en nous racontant les aventures d'une girafe rose à pois verts qui se cache dans un jardin au pied de son immeuble et à laquelle nous croyons tous dur comme fer »

Dix années séparent les premiers mots de Raphaël Sigal couchés sur un bout de papier de cet achevé d'imprimer de *Géographie de l'oubli* que nous avons la joie de mettre entre vos mains.

Imprimé en France sur du papier issu de forêts gérées durablement.

Pour plus d'information :

Imprimé sur du papier issu de forêts gérées durablement.

Achevé d'imprimer en France en avril 2025
par l'Imprimerie Maury S.A.S. à Millau (12)
pour le compte des Éditions Robert Laffont
92, avenue de France, 75013 Paris

N° d'édition : 68846/62
N° d'impression : D25/77094G

Robert Laffont